Cisnes

Lada Josefa Kratky

NATIONAL GEOGRAPHIC LEARNING | CENGAGE Learning

Esta es una pareja
de cisnes.

Los cisnes se quedan con su pareja toda su vida.

El cuello del cisne es largo.

El cisne lo necesita.

Con su cuello largo busca comida. La comida está en el fondo del lago.

El nido del cisne está
cerca de unas matas.
Allí nacen los bebés.

Se quedan cerca
de sus papás por
unos cinco meses.

A veces se les suben
al lomo. Así los papás
pasean a sus bebés.